文字森林
READING FOREST

文字森林
READING FOREST

文字森林
READING FOREST

文字森林
READING FOREST

瘦骨嶙峋的愛

李豪——文

目錄——CONTENTS

輯一——Be Patient

輯二——Be Fine

輯三——Be Balanced

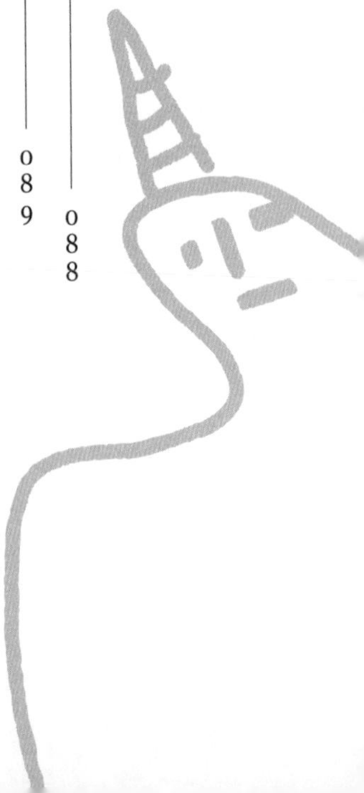

輯四——Be Kind

輯一

Be Patient

沒有愛的時候
寂寞是一條沒有盡頭的路

影子

致　我愛且傷過者

「當時的我太年輕了，甚至不懂得如何去愛。」
——安東尼．聖修伯里《小王子》

愛過一些人
成為他們的影子
被一些人愛過
影子留給了他們

後來我就一直在這
像是各有各的旅程
而我是迷路的孩子不知所措
將一切怪罪於丟失我的人

偶爾坐上車
去看看曾聽說過
而我未能抵達
他的家鄉

不知道那人是否安好
傷還會隱隱作痛嗎。

用一個句號結束
因為答案並不重要
現在的我什麼也無法彌補

但問題本身很重要
像一面隨身的鏡子
或一個縈繞的幽靈
在每一齣夢醒時
提醒我
當下做的每一個決定
不一定清醒。

謝謝你看見我
那是我看不見的樣子
謝謝你教會我愛的方式
不只一種
若得到的不如預期
並不代表那不是全心全意
謝謝你的光你的風
你的雨

謝謝你曾愛過
儘管是這樣的我。

註 末二段改寫自英文諺語：「Just because someone doesn't love you the way you want him to, doesn't mean he doesn't love you with everything he has.」。

還有多少回憶，藏著多少祕密

在輪廓模糊的夢裡
你坐在床邊說
心無法分你
裡面早已腐朽

我閉上眼睛
也只能看見自己
許久以後才清醒
只不過青春太輕
是愛是恨都下筆太重
你不被諒解的喜歡
緩緩地消逝在
慢慢的光來之前
的確那時我們太易碎還沒
練就了一身傷疤
習以為常

註　詩名引用自歌手陳綺貞〈小步舞曲〉歌詞。

小房間末日

你睡醒
說剛和我去了好多城市
有威尼斯、巴黎和東京
我沒說話只是抱著你
不厭其煩地
數你身上的痣

那時候多麼單純
這個小房間
彷彿我們的全世界
即使明天就是末日
也甘願一整天都在床上浪費

可惜的是
後來的我們
誰也沒死
只是看著對方
去了更大的地方活著。

會不會

有時候忙著忙著一天就過了。
有時候忙著忙著一週就過了。
有時候忙著忙著一月就過了。
有時候忙著忙著一年就過了。
有時候忙著忙著一生就過了。

社會達爾文

「我希望你成為最好版本的自己。」
「萬一這就是最好的我了呢？」
——葛莉塔・潔薇《淑女鳥》

我孝順父母
努力唸書，放棄戀愛
聽爸媽的話都選理組
從學校到補習班

十二個年頭可不可以換
更好的未來？

時常自覺不足
沒車沒房，孑然一身
老闆在的話都去加班
從早到晚
十二個小時能不能偷得
剩下的浮生？

想要擁有更多選擇
卻只能選擇這種人生
用盡力氣燃燒
四周依然黑暗

我開始在每日終了時結算
了解自己所需甚少
食物、空氣、水
便賴以生存
可是我們什麼都有了
活著還是什麼都要爭

所謂的進化成更好的人
不過都是災難下的
倖存者

沒有最好

沒有最好，只有更好
都是神用來自捧
開的玩笑

活著是好
只有這一輩子更好
沒有，最好

水星逆行

又是水星逆行
你感覺諸事不順
將一切歸咎於某些
無法自我掌控的命運

面對的一切
都和你作對
彷彿逆行的
不只水星

連太陽月亮
都不站在你這邊

當你真心渴望某件事
整座宇宙卻聯合起來
背道而馳

也許是你從未想過
誰才是那唯一的
逆向行駛

我想愛一個仍然寶貝的人

沒有愛的時候
寂寞是一條沒有盡頭的路
我已經走了很久很久
遇見了什麼
都想抓住

描繪不了完整的地圖
就把我心裡豢養的獸
換成糖果
停下了腳步
讓剩下尚未孵化的祕密
都成為不期不待的影子

如果你聽說過我
曾經擅長為夢取名
現在已不再想起
那些未完待續的故事

只想待在原地
任花瓣飄落如雨
等一個人始終相信精靈
成為他的寶貝
想像他一如面對所有的愛戀
都是那麼堅持

距離

你在這裡下著雨
卻開始關心起
另一座城市的天氣

慶祝節日的戀人

情人節

他對她說
其實愛對了人
情人節每天都過
而沒說的
這來自於哪一首歌

愚人節

她喜歡有遠見的人
他遂從愚人節這天起
連續吃了一個月的鳳梨
以為在她生日那天
能給予甜蜜的驚喜

詩人節

沒有詩寫過多
只有粽慾過度
蛋都立好了
棉被還捨不得收

註　詩名引用自 1976 樂團的歌名〈慶祝節日的戀人〉。

薛丁格的再見

「下次再約」

我們輕輕告別
像是交換了鑰匙
但是彼此
都不知道鎖在哪裡

這是世界上最靠近
又最遙遠的語言
只要沒有人去打開箱子

你還在那裡等我嗎

你還在那裡等我嗎
以我陌生的模樣
一個人吃飯、追劇
難過時就上網購物
明白生活都是陷阱
在被困住的日子裡
等待救援

你還在那裡等我嗎
也許正在扮演
另一個人的太陽
不求回報地
溫暖他每一個早晨
假裝自已並不介意
他在夜裡擁抱月亮

我還在這裡等你
在這習慣潮溼的城
或許你未曾造訪
朝起暮沉、春去秋來
像一支被忘了的傘
善於等待

我還在這裡等你
卻也當然
錯認過許多身影
誤解了所有的經過都有意義
生命的疑惑都有答案

可我仍願意等
在這漠大的世界裡
一定會有那麼一個人

也許在島嶼的彼端
也許是日常裡的誰
也許曾匆匆地擦身
我們注定會是彼此靈魂的缺
我們只是還沒演到那段

你要相信緣分
而我會等。

我想留下來陪你生活

一生的文明
將要走到凜冬
我們退後
以四足步行
或者騎乘
或者臥躺
在離神更遠的樓層
居高臨下看末世光景

我們退化
要成為更壞的人

多毛的慾望
彼此交纏
我們褪下
織本的產物
用更為自然
的方式得到快樂
以蜷曲的姿勢
如浸淫在羊水的包覆
互相取暖

我們褪色
回到一張無染的紙

一切歸於原始
忘記禮教與秩序
用繩結在身體記事
用手語傳遞
最深入的情感
我們退縮
決定穴居

當一生的文明
終於走到凜冬
我想留下來
陪你生火

註　詩名借用自黃品源的歌名〈留下來陪你生活〉。

輯二

Be Fine

在這酣眠的宇宙
清明夢裡
沒有你
也沒有我

而我也不知道怎麼樣才算愛情

「你說過牽了手就算約定／但親愛的那並不是愛情」

——方文山〈親愛的那不是愛情〉

牽我
領著我走
讓我像隻間諜小狗
輕易地就將我撕成碎片
唯一的破綻
是我絕不主動
向你邀玩

吻我
吻我芭娜娜
我是說一種水果
別分那麼細
都是黃色外皮
只是後來
有的娜娜剝開
卻白裡透紅

摸我
別偷偷摸摸
要在大庭廣眾之下
像盧廣仲
彈吉他
想要的生活有一百種
但每天摸的
都是魚仔

操我
從早到晚
叫我不得休息
隔八小時就去輪班
把所有功德修完
才能躺平
送回家裡

不要愛我
我允許你
可以對我做
壞壞的事情
但壞掉的我
依然
不會愛你

在熟睡的夜晚醒來在陌生的床

玩一款沒有勝負的遊戲
在面孔模糊的城市裡
二分法我們的喜歡
若你同樣選擇向右而去
可否在交錯的場合
與我隨遇則安

努力扮演一個被愛的人
像只缺水的容器
分擔我的孤單
分享你的幻想
褪下羞恥的膚色
張揚慾望的脂肪
在這座靈肉分離的祭壇
我們都是脫俗的僧

也曾失望自己
和對愛的忠貞
旋即疲軟
陷入昏沉
如蛇交纏
為了度一個
寡慾的冬

在這酣眠的宇宙
清明夢裡
沒有你
也沒有我

愛是噪音

她捧著一顆蘋果走來
在他眼前宛如音樂
一條蛇往身子裡鑽
他們什麼也沒說
只是乖乖蒙上雙眼
聽夜與煙花
聽礁石與海浪

她將蘋果捧在左胸前
他說活在當下
拿出弓箭
射了之後
世界又乍時安靜許多

註　詩名譯自英國樂團 The Verve 的歌名〈Love Is Noise〉。

原來寂寞的時候

播了最愛的歌
你輕聲哼著
他仍低著頭看著手機
問你這有什麼好聽
頓時語塞
才知他是那種不聽搖滾樂的人
忽然想不起
下一句該怎麼唱

點的酒來了
深深的夜
該要淺淺地嚐
他卻自顧自地說著自己那些
你毫無興致的豐功偉業
讓你想起了從前的愛人
此刻突然就沒那麼恨他
於是決定多喝了兩杯

語言仍然擱淺在他的過去
你有些心不在焉
燃了根菸
像棵擅長自處的植物
只等雨水落下
又喝了一杯他問
等等要不要來我家
你心想
眼前的人還是可愛
只要繼續不談未來

一個你坐在椅子上
盯著你看
而你一無遮掩
好吧承認自己既孤單
又自私
雨停了他轉身看著手機
而你正在編一個理由不留過夜
卻想起了一句電影的台詞
「原來寂寞的時候，每個人都一樣」
你笑了出來。

註　末二段引用自王家衛的電影《春光乍洩》。

沒有人快樂的電影

挑一部從前都愛的電影
在就此分別的前一晚
約好了再看一遍
戲終了
人就散

一定有些我所忽略的細節
還是伏筆尚未解開
又或是任何驚喜的彩蛋

要等到我們都走遠了一點才能發覺
否則我們當初怎能夠如此喜歡

一起牽手走過夕照的沙灘
在一日將末時相擁而睡
他們做著愛的
承諾，像是再也沒有誰
能使他們分開

美好的畫面依序播映
像雲霧褪去而星月皎潔
都讓我聯想到你

身體總是能記住
那些熟悉柔軟的事物
心靈卻會選擇忽略
不合邏輯的對白

劇情的高潮結束
結局尚未落幕
我熱淚盈眶
你轉過身
看向手機
表情有些不耐

突然覺得這電影
怎麼這麼爛
爛到有人
已經不想演了

房子

你對他說
都要走了
何不上來坐坐
最後一次
你把自己縮得好小
好讓他把自己放進你的房子

房裡好空
什麼都沒有了

浴缸

你把塞子拔了出來
然後不發一言
走去陽台
赤裸地抽菸

我只是躺著看你
像一座浴缸
感覺身體裡的水
漸漸地漏光

奴隸

只能把身體借給你
這是唯一
能夠見到你的方法
你填滿我

我又漏空了自己
反正你從未想要補好
我裂了縫的夢

對你來說
我的每一次徒勞
都代表
你永遠不會失去我

習慣

匆匆地抽離
你，然後找尋
第一個念頭

只是突然有了疑惑
如果沒有愛
現在的我們在做什麼？

空曠

他用愛蓋了一座遊樂園
所有的機械都在動
但園裡只有一個小丑。

我安慰我自己

偶然想起曾愛得不分你我的人
我安慰我自己
偶然想起過去魂牽夢縈的神話
我安慰我自己
偶然想起一些熟悉彼此的朋友
我安慰我自己

偶然想起一段午夜夢迴的緣分
我安慰我自己

偶然想起一堆亂七八糟的慾望
我安慰我自己

偶然想起我一個人百無聊賴
盯著天花板
沒有辦法起身的時候
我只能安慰我自己

我給自己安慰
並不是因為想念
有的時候
是為了可以更快地
忘記這種感覺

納西瑟斯

「摩登少年他說／他說愛你的時候／
是無心之過／別輕易感動」

——1976〈摩登少年〉

晴時防曬
雨時撐傘
在適合牽手的場合
就沒想過放開

若曖昧尚未成熟
你不急著摘

一切看似自然
都是經驗
你流利地排演
愛人的反應
最渾然天成的傑作
都經過最縝密的計算

在紅男綠女的城裡
你從不成為誰的附庸

相信自己是盛開
永不凋零的火焰
卻只能一時溫熱
把烙印留給
那些靠得太近的蛾

你把鏡子擦得清澈
看最美的風景

你只是太愛自己
並不認為其他人值得

愛人機器

我的愛人
愛過許多人
卻也給我
相同的暱稱

我的愛人
也曾困惑
絕口不提愛的保證
也許在脫口而出時

感到似曾相識
懷疑過自己
是否忠貞
是否誠實

我的愛人
純熟地控制
親吻的角度
擁抱的溫度
安排得如此精準
就連做愛的姿勢
都像是一套標準流程

再也沒有什麼心跳加速
都曾練習了不下萬次

換過許多主人的打字機
一生印製了千百行字
卻無法寫出
一首屬於自己的情詩

我的愛人機器
你能製造愛
卻不懂愛

燃燒烈愛

找不到相襯的花
打破心愛的瓷瓶
待到了天氣漸涼
遂將整座夏季忘記

我要任自己的性
像錨拋下船
島嶼離開陸地

僅能燃燒一次
我也寧作一根火柴
用幾回摩擦
照亮心底願望

我是壞人嗎
還是只是
忠於對自己誠實

註　詩名借用韓國導演李滄東的電影名《燃燒烈愛》。

救贖

接受這樣的關係
起初不是自願的
只是後來也沒有
別的辦法了

成為你的幽靈
浸沐在你
見不得光的榮寵

愛生於邪魔
陪我墜入地獄

我愛你愛你愛我

我是逃家的糖果
誠實且貪心
要許多的螞蟻
才能搬動

我們根本從未擁有黃昏

「我們甚至失去了黃昏的顏色。
當藍色的夜墜落在世界時，
沒人看見我們手牽著手。」

——聶魯達〈我們甚至失去了黃昏〉

艷陽繁茂
斜掛在窗櫺
光的指尖漸長

緩慢地要觸碰到
桌上的瓶

我一直在沙發上
百無聊賴地
也沒有懷抱
什麼特別的渴望
只是如果可以
也想讓他瞧瞧
時間的模樣

夜色遲遲
他終於造訪
帶著花和檸檬塔
笑的樣子
像極了融化的奶油
我的一天才開始
有了變化

氾濫的寂寞
關不住擁吻他的衝動
也只有此時
你是我的

填滿了殘缺
可幸福是漏

沒吃完的甜點
就順手丟了
你說有的美
就適合插在水瓶
那麼安靜
值得等待
懂得欣賞的人

每次你一離開
月光也熄了
房裡比夜還黑
心比床還亂
總有另一個人
比我適合擁有你的睡臉
和清醒的一聲早安

輯三

Be Balanced

昨日是海 今天也是

從未抵達的遠方

你是有光的人

背著你離開
我只能看見自己的黑暗

非誠勿擾

你進不了門
有人經過了和你道好
卻不能夠幫你開鎖
有些問候
只是出於禮貌。

你想被安慰
卻只能收到一些
正向的勵志口號

每一句都像在質問你
他們都可以
為什麼你做不到？

若語言終究歧義
寧作一座深鎖的孤島
拒絕探問
非誠勿擾

你知道
你的生活生了病
需要的不是關心
而是解藥。

當光照在我身上我只想退到黑暗

只有夜晚屬於自己
而白晝給了社會
我像個二流的喜劇演員
燃起一根火光微弱的蠟燭
卻只能照見自身
睡著時做荒涼的夢
醒來時常想自己為何仍活

我只是不明白
每一條路
如果都有它的盡頭
有時想在此結束
路卻走得沒完
有時以為抵達彼岸
卻進了死胡同

也曾想和你們一樣快樂
每一次出門
我都會再三確認
體內的開關

鎖好所有的焦慮不安
不讓任何人發現異狀

只是你知道嗎
你們都那麼好看
而我是這麼格格不入
當痛苦突如其來的時候
所有的風景都讓我想哭
我覺得好疲憊
像一頭隨時倒下的獸
必須回到那五坪大的孤獨

才能把心裡的怪物
關進牢籠

別再問我
到底在悲傷什麼
那是春是冬是下視丘
是南是北或某種東西
是我永遠都說不清楚
你也永遠不能給我安慰

航行指南

固執的船長
站在甲板
昨日是海
今天也是
從未抵達的遠方
溫暖的海岸

當然有時
也會詛咒汪洋

在夢編成的搖籃
經常性失眠
夜裡有流星墜下
畫出一道鹹鹹的弧線

固執的船長
回不了家
他從何而來
無人了解
要去的方向
也沒人知曉

小小的孤船
像一把刀
將交織的群島
緩緩地切開
日子一到
歸於平淡

有性格在陽光下曬乾
有記憶在風裡受潮
有心在雨中鏽了

愛一個人
可以很愛很愛
但不要
把它當成座標

海市蜃樓

他披星戴月
像隻脫韁的馱獸
渴了飲水
倦了就睡
這一路上
不曾回頭
他胼手胝足
行過的路都安全

對於自己的孤獨
倒也並不異常難受
除了偶然看見的
羨慕起別人的綠洲

習得性無助

一些渴望被閃電麻痺
獸籠開了
你依然走不出去

每日的挫折
在河床堆積
逐漸阻塞
你仍感覺流動

可水的足跡
每一步都沉重

在無所指望的邊際
以為自己
又超脫了一點
卻離毀滅更近

轉身就是火焰
前方是險
你不得不過去
相信過去所不信

只要願意
你就能夠走遠

每一場革命
都從微小的抵抗開始
有的惡夢太過真實
但你可以選擇
一點一點地清醒

如臨深淵的愛

「戰戰兢兢，如臨深淵，如履薄冰」
——《詩經・小雅・小旻》

1

煞有其事的閃電
僅為了讓人害怕
雨還未落下
想起傘在你手心

懸而未決地
我愛你
是危險的斷崖邊緣

一旦睜開眼睛
確認了自己的方位
就像親手遞給對方
一把指向心口的刀

我必須在對你瘋狂迷戀之前
轉身逃跑

2

他已經學會
躲起來在跌落之前
但從此也變成了
一個舉步維艱的人

來不及

每個人都知道終會一死
卻還是以為我們會活過明日

就只是在等時間殺了我

「I'm not living. I'm just killing time.」

——Radiohead〈True Love Waits〉

在枝枒繫了繩子
另一端環繞自己的頸部
就這樣度過每日
澆水施肥
等待枝繁葉茂的那天

樹已經長高
足夠把我吊死
這一生的辛勞
終於可以功成身退

接受

有人走得比你前面
年歲卻停在那裡
你逐日蒼老
成為他年長的晚輩

以為能在夜空燃燒
交換一次燦爛的時刻
卻成為其中一盞路燈
在光來的時候熄滅

你在鏡子裸身
看見自己鬆弛的臉
日益膨脹的負擔
從你身上長出來
依舊無法割捨

你離夢越來越遠
卻越接近人

活著很難
死也沒那麼簡單

一筆勾銷

你拿小刀
劃了自己一筆
感到痛和存在
傷不經意
依舊會好
彷彿不曾發生
只是遺憾
你仍然活著

像是你曾經恨
怨過所愛
有天卻想不起
他的本名
反倒覺得生氣

怎麼可以
不愛與不恨
都沒有經過我的允許

你說你已經睡了

「Kill yourself for recognition.
Kill yourself to never ever stop.
You broke another mirror.
You're turning into something you are not.」

——Radiohead〈High And Dry〉

你說你已經睡了
癱在地上
散成了好幾塊

每夢過一個人
就將一片交給對方
如果能換得回來
至少還算完整
只是再也不是
當初的自己

一旦夢醒了
那人毫不在意
你給的那部分
也會隨之而去
就此缺了一角

有時你傾盡所能
那人給的卻如此稀少
有時你奮不顧身
那人只惦著誰的碎片
終於你將自己越剝越小
眼光越放越低
睡與被睡
竟也是同一件事情

你說你好疲倦
已零零散散地睡了
而我也不會勉強
你把自己收好
只想你記得
夜還漫長
你可以迷茫困頓
或是耽在夢裡
獨自清醒

不需要成全誰的期許

好好做一個人

「如何好好畫出一匹馬，只需要簡單兩個步驟：
一、先畫一匹獨角獸。二、然後把角去掉。」

——網路迷因

他們教我要好好做一個人
用最簡單的方法
我終於成為了
社會所需要的那種形狀

只是偶爾
還會想起我的缺口
曾經我是一個驕傲的
獨角巨人

電影

很久很久以前
我們一起看電影
在漆黑中我轉頭看你
你的瞳孔閃爍
如一座神祕的星系

很久很久以前
我們一起看電影
在啜泣中你牽我的手
許多故事經過我們
美好的殘缺透成隱喻

很久很久以前
我們一起看電影
在沉默中做各自的夢
當全劇終燈亮起
是否都有了快樂結局

很久很久以後
這些很久很久
以前的事都成為了我
一個人看也看不完的電影

輯四

Be Kind

不要相信
彼岸的燈
你要試著把自己點亮

重生

「有一天男人用理論與制度建立起的世界會倒塌」

——朱天文〈世紀末的華麗〉

總有一天
我將能在你面前
表現軟弱

不因無能而感到恥辱
不因焦慮而詛咒
比星更亮的月

我已經重複
太多逃犯的生活
以同樣身體犯的錯誤
將我排除

我會試著放手
一切如釋重負
今晚我決定不要
履行家的義務
忘記貸款和理想
讓我睡一個好覺
做一個粉紅色的夢

當一隻游手好閒的貓
以溫柔的腔調
和你討一個擁抱

讓生活誠實了我
讓意志通透了路
讓語言解放了鎖

總有一日
我將能比光速
更接近宇宙

自由就是
想哭就哭
痛就喊痛

無光晚餐

將你的燈關上
讓我們在全然的黑暗
你無法看
只能傾耳去聽
我會和你說話
讓你想像
糖與蜂蜜
任一切交談
成為我的形狀

如果愛
並非凝視的快感
你便能認識
我的靈魂
而不從臉孔開始

也關上我的燈
讓我們做一對盲人
撫摸著像在閱讀彼此
不被規訓的文法
空間隱喻了我們
在平等的兩端
貧乏的不是脂肪
而是想像

如果愛
與身體無關
便能明白

重要的事物
必須用心去看

我們都別把燈打開
讓船聽天由命地漂
在這無光的夜晚
你不需要在意
我是哭是笑
我也不會知道
你是留是逃

共用

你在別張床的日子
有多少夜晚
我就在身上劃多少個正字
而每一次
你都會把我縫起來

讓我感覺自己
被你想起時
有痛
同時卻也有愛

我是那麼慷慨
總能和另個人共用
喜歡的東西
我想這一次
也能和你分享我
最愛的這把刀子

病態

記病嬌殺人事件

因為太愛了，所以想把他殺死
因為太可愛了，所以想被她殺死

即使玫瑰有刺
男人也從不把女人的暴力
當作一回事

他們笑謔
是因為在有限的人生風景
不曾遭遇過追逐的威脅

在遊樂場的獵人
可以輕輕盈盈地嬉戲
在戰場的獵物
卻是真真切切地恐懼

閹割焦慮

如果男性也有月經
在生產精子之前
淌出痛與濃血
是否也會對自己的身體
覺得羞恥

在停經之時
同時也感到了喪失
某種權力

殘酷劇場

第一幕・她

她喜歡畫畫
放學會在老師家補習
後來連假日也去
她又把純白洋裝穿上
有一點皺
回家的路上
她努力說服自己

如果是愛
就不會有錯
男人卻說：
錯的是妳

第二幕．他

他喜歡玫瑰花
溫柔的刺未曾有害
在他的園裡孤芳自賞
並不為誰而開
某一日裡
他躲避狼群
摔落山崖
一去不回來
獵人卻說：
錯的是你

第三幕・她

她喜歡小孩
也許只是拙於表達
但要是他們懂事
總有一天會明白
做母親的都是為了孩子好
她接到電話
聲音的彼端是警察
她什麼都不知道
眾人卻說：
錯的是妳

最終幕・他

沒人說他的錯
他只是錯過了
在這個故事裡
始終缺席

註　此詩靈感來自葉青〈世界大同〉。

黑暗之光

妳總是害怕
每一個暗啞的夜晚
有的門永遠無法鎖上
有的門鎖上了就永遠
無法打開

將妳合二為一的人
卻也從此將妳撕成兩半
妳把自己縮得小小的

像一粒種籽
希望自己尚未出生
就被葬在土裡

憎恨是愛
憎恨是命
憎恨是血
憎恨是身體
憎恨是無能為力
憎恨是生而為女
憎恨是孤單
憎恨是自己

妳曾數夜裡的星星
度過黑暗
在夢與現實的地帶
死過不止一次

恍如隔世
再醒來
已身在航往未知的船
妳丟了誰給的刀子
告訴自己活下來
再也和彼人無關
為自己重新一次
也要勇敢

註　末二段改寫自余光中〈呼吸的需要〉：「常想自殺／在下午與夜的／可疑地帶。／而我曾死過／不止一次。／因此，在死的背景上畫上生命，／更具浮雕的美了。」

沉沒成本謬誤

你以為
有牆支撐
家才不垮
只是後來
更像牢房

溫柔抱起你的人
也可以重重
把你摔下

有時你不願失去的
反而使你失去的更多

有的溫柔
是對自己殘忍

有的體溫
有比沒有還冷

糾結

一個寫了幾首
美麗的情詩
收進信封
還沒有地址

一個固執
鎮日等候
只求哪天
能收到一張白紙

她單純想擁有誰的最後
有人卻只希望成為她的開始

盛夏光年

聽見海的回音
那麼地那麼地藍

我將你出現後的故事
一頁一頁地往回翻
回憶宛如浪潮般
來來往往地上岸
但有些刻下的誓
仍擱淺在沙灘

這個世界如今絕不是
當初給我們的答案

青春的日誌
已不是孩童時代的作業
錯了以後還能一再
訂正修改
總有些是我們不願
也無法阻止的改變
例如成長又或是
我們之間
多了誰

離家出走的車票
被雨淋溼後就皺成一團
長大後的我時常懷疑
生命不過是一場災難
有些惡意可以明目張膽
真心卻只能藏在黑暗
但是我仍不斷在尋找
當初的自己
是為了誰而存在

即使是好朋友
也會有些事彼此都不了解
如同你永遠不知道
我一直在猜
你的喜歡
也許活著已經習慣
這個太過現實的社會
我這一生根本就不該
和你遇見

對你的愛
終究釀成了一片海

註 詩名引用自陳正道導演的電影名《盛夏光年》。

有些事等你長大就會知道

記反對性平教育

食慾是餓
睡慾是倦
某慾不能談論
那是羞恥

愛要很久忍耐
不做害羞的事
但要是忍不住做了
該怎麼辦

如何迷戀陰柔
又同時賤斥
如何喜歡相同的
卻憎恨自己的身體

他們說神愛世人
但儘管是人
也不是都被他們值得

一些矛盾
在黑暗中發生
是沒有光的緣故
還是有人將你的雙眼蒙住

吃飯不要談政治

吃飯不要談政治
那些都是權力的鬥爭
想想你媽辛苦下了班
還要趕回家煮給你吃
想想爸爸的工廠都關了
到現在還找不到老闆
你要好好珍惜這一餐

乖要懂事
要懂得你有更重要的事
政治是上等人在玩
像我們這種就好好吃飯
不要浪費食物
要知道菜價都被黑道控制
水圳每天都有不同色彩
農民真得很辛苦
你要感謝他們
如果不把飯吃完
就送你去當農夫

政治說真的沒什麼好談
政治都嘛是說假的
所有的蘋果都一樣爛
但有的蘋果比其他的
更為不爛
你只要把這點記得
等等吃飽我水果再切幾盤

說了不談政治
你可以配點新聞來看
爸爸跟你說這台最公正
每家餐廳都看這台

所以爸爸才能做個新好男人
等等還要幫你媽洗碗
幫忙做家事

如果你要談政治
就不要吃飯了
反正在家我不准
但你去上班也不要和人討論
你不知道外面多亂
有些話說了就沒飯吃
有些飯吃了就不能說話了
我都是為你好很多事

你還小不懂
等你長大就會感謝我
小孩要有小孩的樣子
被寵壞的才會吵著要糖吃
不要像那些不男不女不三不四
全是同性戀生的孩子

總而言之
在家不要談政治
出外不准談政治
今天不行談政治
明天不能談政治

只有自己能決定自己的樣子

他們說人有無限的可能
但男孩須如陽光一般
女孩要是粉紅色
我們把玩具一字排開
分門別類貼上標籤
允許孩子擁有選擇
在有限的範圍內

施予他們二手的玫瑰
讓弱勢符合弱勢
劃出我們與惡的分界
讓罪人符合罪人
滿足你們憐憫的凝視
讓受害者離受害者更接近

脫口而出某個詞時
你所想的和我的形狀
也許不一樣

因為擁有約定俗成的定義
於是彼此
能夠理解與表達
這是人類溝通的方式

但當我們談論起
男人女人和同志
所有的性別、種族、身份與階級
我們卻把成千上萬相異的輪廓
試著置入進同一種框架

我們的想像很貧乏
彷彿一出生
就被決定自己的樣子
奴隸的孩子還是奴隸
出身權貴的人
生生世世有權有勢

初雪

第一場雪
終於落下
我聽見
谷裡捎來回音
是山的脈動
還是幻覺
還未能梳理
你蜷縮著
也許在睡

如果你醒了
像舒展的葉
將攤開一生的枝節
帶著痛楚
此時世界
仍原始而單純
你不害怕
但也只能哭

我想像著為你戴上
織好的手套
備妥每一餐

在夜裡的嚎啕
趕走惡意的夢

但雪在落
一直地落
沒能停過

未曾打完的毛線
仍糾成一團
餵養不了的貓
已經離開
若點亮你的夢

便暗了我的
神的天職
和你的故事
兩者我都無法負擔

睡吧孩子
那裡的國度溫暖
請原諒我
有天你會說
要是沒有出生就好
而深怕我竟也這麼認為

愛與恨太薄
一不小心就翻成背面

四季如春的人
看不見
雪還在落
一直地落
沒能停過

等霧散盡

霧走入我們之中
迷茫瞳孔
無以名狀的命運
任日升月沉
錯認為生活

眾聲喧譁
為眼前的路指向

卻教低語的人
更為沉默

比如過去
你在霧裡看花
也從未視為一場敵意
也不曾對模糊遠方
感到害怕

然而這霧逐日濃烈
滲透高牆
使我們看不見彼此

以訛傳訛
骨牌倒下
失序的城市
有領導往神的路上

不要相信
彼岸的燈
你要試著把自己點亮
好好珍惜
慎重地選擇
為身後的人指引

等霧散盡
我們已不再迷失
生為如此的自己

後記

完成《自討苦吃的人》之後，就像盡了一場儀式，和過去的鬼魂告別，一切平平淡淡，回歸到規律且穩定的生活，也擱筆了很長一段時間。可能是過於忙碌，也可能是還沒準備好新的篇章想要說些什麼。

請允許我再花點篇幅談談前作，一是補完詩集裡的概念，二是如果你沒有讀過，或許我又可以多賣出幾本。怕被片面解讀，自討苦吃是一種顧影自憐、一種責怪勒索，其實不是，我認為自討苦吃的人最終代表的是衣帶漸寬終不悔，在於甘願做歡喜受。社會上有太多軟性的暴力來自虛偽的奉獻，其實是自私地投射了個人的期待在他人身上，一旦與現實出現落差，慾望超過自己所能控制的，痛苦便隨之而來。

不要想著一切的吃苦終將有價值，苦盡甘來完全是不合邏輯的謬論，要懂得栽並不是為了收穫，如同卡繆筆下的薛西弗斯，終於不再執著要將巨石留在山頂、不再拘泥浪費的那些時間，而是專注在岩塊剝落的每一粒沙、山間日光夜色的變化。在日復一日的徒勞無功中找到樂趣，正視這一切的荒謬，所有的意義就在當下。所以自討苦吃的人是誰？正是我們每個人。因為活著本身就是一個巨大的，自討苦吃的歷程。

當我們討論憂鬱
總說那是一種心情
但為什麼沒有身體的憂鬱

渴望一個人而只能擁有她的背影
眼睛和雙手都知道不可以
於是感覺到自己的多餘

——節錄自葉青〈當我們討論憂鬱〉

如果《自討苦吃的人》談論的是「心境的悲歡」與「苦戀」，那《瘦骨嶙峋的愛》就是關於「身體的憂鬱」與「畸戀」。一向不喜歡舊調重彈，我想說的前人們都說過了，如果一直談論自身，靈感難免有枯竭之時，如何將關心擴大到關係、社會、土地，這是每個創作者都會遇到的命題。《自討苦吃的人》可以說是非常自剖的作品，像是一個人在台上的喃喃獨語，隨著戲終人散，放下布幕。《瘦骨嶙峋的愛》不再那麼感傷主義，也實驗了許多新的嘗試。我開始觀察、捕捉在關係裡細微的悲哀，也關於性、關於性別。當然某些身分我並不能完全感同身受，只能竭力做功課，避免自己身處優勢階級的凝視，希望此書不只是販賣憐憫、旁觀他人之痛苦，而是能夠真的幫助讀者試著同理這些幽微的處境，培養力量。

在詩裡有時會出現她和他，並不代表這是專屬於異性戀的故事，或者某個性別占據了有利位置。這裡的「他」可能是「他或她」，「她」也亦然，沒有固定的性別或性向，我只是想區分在這首詩裡同時存在兩個人，都是第三人稱。

書名《瘦骨嶙峋的愛》，脫胎自美國民謠樂團 Bon Iver 的一首歌〈Skinny Love〉，這首歌陪伴過我一些荒蕪的時光，幾年前他們來台灣演唱時終於有幸能親耳聆聽，而後我也將這首歌的歌詞刺青在手指上。

Be Patient　要有耐心
Be Fine　要好好的
Be Balanced　要身心平衡
Be Kind　要保持良善

這本書獻給我的母親張金蓮。

文字森林
READING FOREST
文字森林系列 006

瘦骨嶙峋的愛

作　　者　李豪
總 編 輯　何玉美
責任編輯　陳如翎
封面&插畫　木木 lin
內頁排版　theBAND・變設計— Ada

出版發行　采實文化事業股份有限公司
業務發行　張世明・林踏欣・林坤蓉・王貞玉
國際版權　鄒欣穎・施維真・王盈潔
印務採購　曾玉霞
會計行政　李韶婉・許俽瑀・張婕莛
法律顧問　第一國際法律事務所　余淑杏律師
電子信箱　acme@acmebook.com.tw
采實官網　http://www.acmebook.com.tw
采實臉書　http://www.facebook.com/acmebook01

I S B N　978-986-507-034-2
定　　價　330 元
初版一刷　2019 年 9 月
初版八刷　2024 年 2 月
劃撥帳號　50148859
劃撥戶名　采實文化事業股份有限公司
104 台北市中山區南京東路二段 95 號 9 樓
電話：(02)2511-9798　傳真：(02)2571-3298

國家圖書館出版品預行編目資料

瘦骨嶙峋的愛 / 李豪著 .
-- 初版 . -- 臺北市 : 采實文化 , 2019.09
面；　公分 . -- (文字森林系列 ; 6)
ISBN 978-986-507-034-2(平裝)

863.51　　108011781

采實出版集團
ACME PUBLISHING GROUP

文字森林
READING FOREST

文字森林
READING FOREST

文字森林
READING FOREST

文字森林
READING FOREST